Herta Steiner - Damit es Dir gut geht

Herta Steiner

Aus der Dunkelheit ins Licht

Damit es Dir gut geht

Gespräch mit GOTT

Im Lichte DEINER Gnade laß mich stehen,
im Schutze DEINER Liebe laß mich gehen,
im Wirken DEINER Kraft laß meine Kraft sich zeigen,
meinen Willen laß DEINEM sich neigen.
Heitere Gelassenheit wird meine Seele finden,
weil Liebe, Gnade, Kraft,
mit DIR mich so verbinden.

Auslieferung durch
UNIPRESS Verlag Salzburg

ISBN 3-85419-113-8

Druckerei Roser, A-5300 Salzburg-Mayrwies

Inhaltsverzeichnis

VORWORT

Wenn ich schreibe, dann kommt mir vor, als würden mir die Gedanken, die Gedichte und Ideen diktiert werden. Es ist auch so, daß ich nicht immer schreiben kann, daß es da oftmals lange Pausen gibt wo überhaupt nichts in dieser Richtung zu tun ist und ich dann glaube, jetzt muß ich aber wieder etwas schreiben, so geht das doch nicht. Ich setze mich hin mit dem festen Willen etwas zu Papier zu bringen, jedoch kein Gedanke kommt, der mir schreibenswert erscheint oder mir mit Leichtigkeit, ohne zu überlegen, nach dem ersten Satz auch schon den zweiten und dritten Satz und so weiter bringt. Ich komme dann dahinter, es geht nicht wenn ich will, es geht nur wenn ES will.

Als ich vor einiger Zeit den Impuls bekam meine Gedichte, die kreuz und quer irgendwo hingeschrieben sind, wieder zu sammeln und in Ordnung zu bringen, tat ich das. Bei dieser Arbeit erlebe ich stets ein Hochgefühl. Hin und wieder drängt sich jedoch der Verstand herein der die Frage aufkommen läßt: "Ist es schon richtig, was du da tust?" Wieder ein anderer Gedanke sagt mir: "Es ist schon so viel Literatur am Markt, spare dir die Mühe." Oftmals lasse ich dann auch alles liegen und wende mich anderen Dingen zu. Das ist allerdings die schlimmste Zeit. Ich fühle mich müde, unglücklich, bin unzufrieden und ständig auf der Suche nach irgendeiner Möglichkeit diese meine innere Unruhe zu übertünchen. Es funktioniert aber nicht, ich bin innerlich leer und mit mir unzufrieden.

Kurz vor Fertigstellung dieses Büchleins ging es mir wieder so. Euphorisch habe ich alle Arbeit getan, um die Texte in die Maschine zu schreiben, die Zwischentexte richtig zu plazieren, und Überlegungen angestellt ob Zeichnungen, Bilder, ja oder nein. Alles war bis auf ein paar Kleinigkeiten fertig für den Verlag und wieder kam so ein Gedanke: "Ist das schon richtig was du tust?"

Ich setzte mich also hin, ging in mich, wie immer, wenn etwas zu klären ist, und stellte mir die Frage: "Was ist richtig, was habe ich zu tun, wo liegt meine Aufgabe?" Nachdem ich weiß, daß das Programm der Seele nicht immer mit meinem Willen konform geht und ich da ganz intensiv, meditativ in mich horchen muß, tat ich das. Irgendwie bekam ich aber keine klare Antwort, ich war unschlüssig. Meistens, wenn ich so gar nicht weiß was ich tun soll, nehme ich mir ein Buch zur Hand und lese darin, in der stillen Hoffnung, einen Hinweis zu bekommen, was ja sicher auch bei vielen anderen Menschen so ist. So auch in dieser Situation. Ich nahm also ein Buch aus dem Regal und war dabei so ungeschickt, daß das quer darüberliegende Buch an der Rückseite des Regales hinunterrutschte. Etwas ungehalten über diese Tatsache aber doch dem Impuls folgend, dieses Buch sofort, wenn auch mühsam, herauszufischen, tat ich es. Es war gar nicht so einfach, es hatte sich verklemmt und ließ sich weder nach oben noch nach unten herausziehen. Schlußendlich hatte ich es doch geschafft und hielt das Buch mit dem Titel "Der triumphierende Mensch" * in der Hand. Ich mußte fast lachen, denn innerlich habe ich über den gelungenen Befreiungsversuch ja wirklich triumphiert. Ich entschloß mich also nun dieses Buch aufzuschlagen, tat es und mein Blick fiel auf folgende Zeilen:

"Geh' den Weg, mein Bruder, durch alle Jahre
und alle Orte mit klaren, reinen Absichten,
mit Überzeugung und Entschlossenheit.
Ich werde dich beobachten,
obwohl du mich nicht kennst.
Und wenn du für die Erlösung deiner
Mitmenschen arbeitest,
wirst du die Hilfe deiner Brüder gewinnen,
die ebenso dienen und lieben
und die ganze Menschheit hüten.

Mögen Inspiration und Schönheit dich zu
immer größeren Höhen der Wirksamkeit,
des Fleißes und des Dienens führen -
und zum Triumph deines Zieles."

*H.K.Challoner "Der triumphierende Mensch" F. Hirthammer Verlag

Ich verspürte einen unbeschreiblichen Jubel in meinem Herzen, ich dankte aus ganzer Seele meinen Lichtfreunden und allen Kräften, die da wirkten um mir solche Antwort, solche Hilfe zuteil werden zu lassen. Nun gab es keinen Zweifel mehr in mir, der Gedichtband wird geschrieben und geht hinaus in die Hände derer, die ihn brauchen, für die es wichtig und richtig ist, die Gedichte zu lesen, um ihnen Hilfe zu sein, Freude und Anregung, die neue Zeit in der wir leben, besser zu bewältigen, mit den Zeichen der Zeit auch besser umgehen zu können und den Schöpfungswillen zu erahnen, zu ergreifen.

Mir hat es gezeigt, daß es Hilfe immer da gibt, wo sie gläubig akzeptiert wird, immer da, wo ich bereit bin zu sagen, nicht mein Wille geschehe sondern das, was zu tun richtig ist, "Herr, dein Wille geschehe, ich bin zu allem bereit!"

So halten Sie nun das Büchlein in der Hand, möge es Ihnen zur Freude, zur Erkenntnis, zu tieferem Bewußtsein und zum Glauben an Gott und das Gute dienen, möge es Ihnen Kraft, Mut und Stärke geben und Anregung, selbst Ihre Kreativität zu leben, die Grenzen die Sie sich gesetzt haben, oder Ihnen gesetzt wurden, niederzureißen, sowie sich die Offenheit zu schenken, an Wunder zu glauben.

In herzlicher Verbundenheit

Ihre Herta Steiner

Weg zur Glückseligkeit

Wenn der Mensch beginnt,
sich zu gut zu sein,
um Böses zu TUN,
werden Streit und Hader,
Mißgunst und Kriege ruhn.

Wenn der Mensch beginnt,
sich zu gut zu sein,
um über andere Schlechtes zu SPRECHEN,
wird Leid und Kummer einfach zerbrechen.

Und wenn der Mensch beginnt,
sich zu gut zu sein,
über andere schlecht oder böse zu DENKEN,
dann wird eine Schwingung fühlbar werden
und Glückseligkeit unser Dasein lenken.

ERHEBE DEINE SEELE

O Mensch, der du die Schwere liebst,
erhebe deine Seele,
sei was du bist indem du gibst,
was göttlich in dir Quelle.
Verströme dich in Liebe ohne Zagen,
erhebe dich und laß dich tragen,
von einer göttlich liebenden Hand,
denn Liebe ist der Schöpfung Band,
das alles wundersam bewegt,
das dich, ganz ohne Schwere,
in die Befreiung trägt.

Zeitenwende

Eine neue Aera, eine neue Epoche beginnt. Eine Epoche die viele Veränderungen, viel Neues, Unbekanntes und Umwandlungen mit sich bringen wird.

Einerseits wird es für die Menschheit schwer verständlich bis unbegreiflich sein, andererseits aber wird es für die Menschen leichter bis paradiesisch werden, wenn sie sich erst einmal mit den neuen Bedingungen vertraut gemacht haben.

Alles alte Denken wird vergehen,
es wird viel mehr Bewußtheit entstehen.
Es wird Erkenntnis die Dunkelheit heben
und wissend, wird jeder nach dem Guten streben.

Der alte Erdengeist, der auch nicht böse war,
durch den jedoch Verführung zu Macht
und Herrschsucht geschah,
der oft des Menschen Sinn
mit Zorn und Rachsucht nährte,
und so Konflikt und Krieg vermehrte.

Genußsucht, Leidenschaft und Gier
stellte er, verführend hin, als Zier,
als wär das Leben ohne Sinn,
läg nicht in allem ein Gewinn.
Er war es, der den Mensch betörte
und so Entwicklung emsig störte,
der alte Erdengeist!

Dieser alte Erdengeist war sehr ideenreich und erfand voller Begeisterung stets neue Spiele, neue Verführungen, neue Möglichkeiten mit Versprechungen zu Macht, Gewinn und Vorteilen, den Menschen die Wahl zwischen der Sprache des Geistes der Seele bzw. des Herzens und der Sprache des Verstandes, zu erschweren.

Jahrtausende herrschte dieser Erdengeist doch er wurde müde, vor allem aber merkte er auch, daß seine Zeit, seine Regentschaft dem Ende zugeht und seine Aufgabe, die Menschen zu verblenden und zu verführen, einer neuen Epoche weichen muß.

Der alte Epochengeist hat im Prinzip nichts mehr zu tun. Er hat sich mit seinen Ideen und Verführungskünsten in eine andere Ebene, eine höhere, zurückgezogen und wird nun von dort, unter einer anderen Hierarchie, einer anderen Energie seinen Ideenreichtum für positive Zwecke ausarbeiten. Was von dieser vergangenen Epoche noch wirksam ist, ist nur mehr das im Gedächtnis der Menschen Bestehende, ist nur mehr das den Menschen eigene alte Muster, die alten Gewohnheiten und die Meinung, daß es immer so weitergehen wird wie bisher.

Dem ist aber nicht so, das sollte ganz schnell akzeptiert werden. Damit ist gemeint, Veränderung zuzulassen. Durch Erkenntnis und Bewußtwerdung was der Mensch ist und welche verborgenen Kräfte in jedem ruhen, zu wissen, daß er in der Einheit Gottes und damit des ganzen Universums existiert und aufgerufen ist, Harmonie und Liebe zu leben, um dem neuen Epochengeist, der neuen Energie, der neuen Aera die Arbeit nicht zu erschweren, bzw. selbst nicht in Schwierigkeiten zu kommen.

Selbstverantwortlichkeit wird gefordert. Selbstverantwortlichkeit durch Hinwendung nach Innen, um den inneren Reichtum, die wirklichen, den Menschen eigentümlichen Kräfte und Talente zu aktivieren und sich so der lebendigen Gegenwart Gottes in sich bewußt zu werden. Der Gegenwart Gottes nicht nur in sich, sondern in Jedem und Allem.

Die "Neue Zeit" wird lehren, daß uns Verurteilung, Schuldverteilung und Bewertung nicht weiter bringen, im Gegenteil uns ängstigen, verkrampfen, freudlos und verbittert machen.

Die "Neue Zeit" fordert uns auf,
AUS DER DUNKELHEIT
der eigenen Gefangenschaft heraus,
INS LICHT der Freiheit
und der Liebe zu streben.
DURCH INNERE WANDLUNG
UND ERNEUERUNG,
DURCH LOSLASSEN ALTER MUSTER
UND GEWOHNHEITEN,
DURCH ERKENNTNIS UND BEWUẞTSEIN, DAẞ
WIR EINHEIT SIND,
UND DURCH LIEBE ZUM NÄCHSTEN.

Bist du Bereit

Bist du bereit,
dein Leben neu dir zu gestalten,
bist du bereit,
an Altem nicht zu halten,
bist zu bereit,
Veränderung zu erfahren,
dann tu es, ohne einen Schein zu wahren.

Lebe das Leben,
deine Kreativität,
denn wenn du tot bist,
ist es zu spät.

Auch in dir

In jedem Menschen, auch in dir,
ist ein Sehnen im Herzen,
in jedem Menschen, auch in dir,
ist der Wunsch nach Liebe und Licht,
in jedem Menschen, auch in dir,
ist enthalten der Wille zum Guten.

Dies alles ist Antriebskraft,
ist Gottessehnsucht.
Schenke dieser Sehnsucht,
dem Licht und der Liebe,
dem Willen zum Guten,
Raum in deinem Leben.

Klarheit im Geiste,
Demut im Herzen,
Offenheit für die neue Zeit,
wird dir so gegeben.

Schau in dein Herz
mit seinem Sehnen,
finde und werde still!
In dir ist alles was du brauchst,
in dir ist der Anfang
und das Ziel.

Jeder könnte sein

O wäre doch der Liebe mehr,
der Liebe hier auf Erden,
es könnte Frieden, Harmonie,
Verständnis größer werden.

Es gäbe keine Grenzen,
Not würde niemand kennen,
denn alle könnten sich verstehen
und Brüder, Schwestern nennen.

Wenn Liebe in den Herzen wär',
würde keiner einen quälen,
Mord und Hunger wäre Mähr,
an Freunden würd's nie fehlen.
Jeder würde jeden in Liebe anerkennen,
alle könnten wir uns Erdenbürger nennen.

Es gäbe Ausland nicht und Fremde,
keinen Haß und keinen Streit,
jeder wäre durch die Liebe,
zu teilen auch bereit.
Keiner bräuchte haben,
jeder könnte sein,
denn Liebe hat die Kraft,
aus Leid uns zu befrein.

Ich entscheide

Ich bin, was ich zu sein entscheide,
ein Häufchen Elend oder Kraft.
Ich bin, was ich zu sein entscheide,
leblos oder voller Saft.
Ich bin, was ich zu sein entscheide,
mürrisch, grantig, ohne Humor,
oder freudvoll, heiter, lustig,
lieber ein Narr, als ein ewiger Tor.

Und so ist es

Wir im kosmischen Rhythmus

Was gibt mir das Recht Ihnen zu sagen, daß sich die Welt in einem Stadium der Veränderung befindet? Was gibt mir die Sicherheit zu glauben, daß sich große Dinge ereignen werden, die nach menschlichem Ermessen nicht faßbar sind? Was ist es, das dieses Gefühl in mir so stark werden läßt, daß ich nicht schweigen kann? Nachdem jedoch nichts im Leben ohne Sinn ist, zumindest ist dies immer schon mein Glaube, so will ich auch in dieser Sache einen Sinn sehen.

Viele Gedanken wandern durch meinen Kopf. Ich frage mich, ist es an der Welt sich zu verändern? Muß Gott der Schöpfer seine Schöpfung, seinen Plan verändern? Oder ist es der Mensch, der einzelne Mensch, der sich zu verändern hat, der es in der Hand hat die Erde zum Paradies zu machen oder zur Hölle, der den ursächlichen Geist, der in jedem webt und wirkt, zu erkennen aufgerufen ist?

Der Mensch besitzt den Geist, damit meine ich weder Vernunft noch Verstand, sondern den göttlichen Geist, der es ihm ermöglicht, sich zu entwickeln, Stufe für Stufe höher zu steigen, empor zu der Vielfalt an Schönheit und Weisheit, an Kreativität, empor zu der grenzenlosen Fülle und der grenzenlosen Liebe, die in uns, in jedem Menschen, angelegt ist.

Daß sich vieles sehr rasch verändern kann, haben uns die letzten Jahrzehnte gezeigt. Was vor 50 Jahren noch utopisch war, ist heute Selbstverständlichkeit.

Wir werden auch erleben, daß uns die Zukunft noch viel, viel mehr Veränderung bringt. Die neue Zeit bringt einen anderen, neuen Zeitgeist mit sich und damit wird eine neue Epoche eingeleitet. Die Menschen, die diese Tatsache noch belächeln oder Aussagen in dieser Richtung verhöhnen, werden sehr bald eines Besseren belehrt sein.

Es wird noch da und dort ein Aufbäumen, Machtkämpfe nach alter Art und Weise geben, Unredlichkeit und Gewissenlosigkeit. Diese Dinge haben aber keine lange Beständigkeit mehr, die Urheber werden sich selbst auflösen. In ihren eigenen Machenschaften verstrickt, werden sie ausgeschaltet bzw. abgezogen.

Der alte Zeitgeist wird mehr und mehr verschwinden. Der Blick in die Gegenwart und in die Zukunft wird gefragter sein, als der in die Vergangenheit.

Der Mensch wird bewußter werden, er wird gläubiger werden und er wird erkennen, daß er die Fähigkeit besitzt sich zu verändern, sein schädliches Verhalten abzuwenden, seine Verd-**ICH**-tung (Egoismus) abzulegen und damit geistreicher, liebevoller sich für neue Ziele zu öffnen.
So wird der Mensch "zwanglos" und freudvoll sich der Aufwärtsentwicklung hingeben.

Mit sanfter Hand und mit der Liebe des Schöpfers wird der Mensch in die neue Zeit geführt. Es liegt an der Menschheit die Zeichen der Zeit zu erkennen, sich von alten Gewohnheiten zu verabschieden.

Der neue Zeitgeistwind weht überall. Er läßt sich nicht aufhalten und macht auch keinen Halt vor altem Wissen. Jeder wird davon berührt und wer glaubt, daß er nicht aufgerufen ist mitzumachen, wer glaubt, daß er ablehnen kann und von den Veränderungen unberührt bleibt, wird in Enge leben, wird die Schattenspiele nicht als solche erkennen können und die Chance verspielen, alles, aber auch wirklich alles, in der Liebe aufzulösen, was noch belastet oder ängstigt.

So viele suchen das schnelle Glück,
sehen stets nach vorne und zurück,
wollen Stille und Ruhe nicht wirken lassen,
lassen sich vom Treiben der Welt erfassen,
verfangen sich in Hasten und Eilen,
verlernen im Hier und Jetzt zu verweilen,
haben Angst es könnte Stillstand entstehen,
würde etwas nicht nach ihrem Willen gehen,
verlieren so den wahren Sinn des Lebens,
geraten "außer sich" und suchen vergebens.

Ich frage Dich....

Wie kann ich dir zeigen, was Freude ist,
wenn deine Gedanken Trübsal verschließt?

Wie kann ich dir zeigen, was Wunder sind,
wenn du durch die Welt eilst, hastig und blind?

Wie kann ich dir beweisen, wie sehr ich dich liebe,
wenn du dich verlierst im Weltengetriebe?

Ich frage dich Kind, wie soll ich Vater dir sein,
wenn du nicht erkennst, daß mein Licht auch dein?

ICH BIN bereit -
zu hören und zu fühlen,
wozu ich auf der Welt!

Zwiespalt

Du willst erfolgreich sein im Leben
und eilst und hastest ohne Rast,
steckst Ziele dir mit dem Bestreben
sie zu erreichen voller Hast.

Du schuftest ohne Unterlaß,
doch der Erfolg will sich nicht zeigen!
Verlierst an allem deinen Spaß,
beginnst dem "Schicksal" dich zu neigen!

Vergeudet hast du deine Kräfte,
verschwendet deine Energie,
und denkst zu allem Überfluß.
das, was ich wollte, schaff ich nie.

Du fragst dich nicht warum dies alles,
so kam wie es gekommen ist,
frustriert bist du und ohne Antrieb,
dein Ziel du ganz und gar vergißt.

Würdest du dein Inneres fragen
wie denn die Gedanken waren,
schnell würd es dir dazu sagen,
du mußt mit negativem Denken sparen.

Denn wie du denkst
muß sich die Zukunft zeigen,
dem inneren Reden
muß sich Erfüllung neigen.

Gibst du dich der Gewohnheit hin,
negatives Denken zu gestatten,
dann wird der Zwiespalt DENKEN-TUN
dich leeren und ermatten.

Sage jetzt nicht, das wäre zu einfach,
so einfach ist das Leben nicht.
Das Leben ist einfach,
wenn Gedanke innen und Handeln außen
nicht zweifach spricht.

Äußerlich ringst du,
innerlich schimpfst du,
dein inneres Wort (Gedanke)
kehrt nicht leer zu dir zurück,
es bringt getreu dir alles,
Stück für Stück.

Äußerlich lenkst du,
innerlich denkst du,
Verbindung innen mit Gutem gemacht,
hat im Außen schon echte Wunder vollbracht.

Die Wirklichkeit außen ist der Spiegel von innen,
dein inneres Reden wird immer gewinnen.
Es ist an das Gesetz, wie oben so unten,
wie innen so außen, fest gebunden.

Der Spiegel

Wie oft gab es schon Situationen wo ich mit dem "Schicksal" unzufrieden war, sich alles schwer, fast unüberwindlich zeigte, und Leid und Schmerz mich erfüllten.

Tränen lösten sich und rollten,
mir über Wange, Kinn zur Brust
weinend saß ich da und dachte,
wo ist die Freude, Lebenslust?

Mutlos blickt ich in den Spiegel
sah da zwei, die traurig sind.
Gedankenvoll sagt ich zum anderen,
"So wein doch nicht du liebes Kind!"

Ich spreche so zum Spiegelbild
es spricht zurück geschwind:
"So wein doch nicht du liebes Kind!"

Weiter fragte ich das andere Gesicht:
"Was soll ich tun, wie siehst du meine Lage?"
Zurück kam wieder ohne zögern,
das Echo meiner Frage.

Ich weiß es nicht,
kann es auch nicht ergründen,
warum bei diesem Tun,
die Tränen oft verschwinden.

Ist es, weil ich die Frage wagte,
weil ich mein Innerstes befragte,
weil ich mich selbst im Spiegel sah
und über mich nicht glücklich war?

Weil durch die Frage,
Kummer kümmerlich erschien,
mir bewußt geworden,
daß mutlos ich nur bin?

Daß der Schmerz, das Leid,
weil nun erkannt, benannt,
verändert werden kann,
vielleicht sogar verbannt?

Ganz schnell und ohne zögern
sagte ich "Ade" zu dem,
was unüberwindlich schien und schwer,
Ade! Ade! Ade!
Ich brauche dich nicht mehr.

UND SO IST ES !

Erwähnen möcht ich noch,
ich sage nicht "Auf Wiedersehn",
sonst könnt es, so aufgefordert,
gleich wieder in der Türe stehn.

Die Wahrheit ist im Innen.
Horche und sie wird dir zuteil.

ICH BIN ein aufmerksamer Lauscher
nach innen,
um die Wahrheit zu erfahren
und die Selbsttäuschung loszulassen.

SELBSTMITLEID

Selbstmitleid, das kann ich dir sagen,
ist eine der größten Seelenplagen!
Denn, wenn du in Selbstmitleid gefangen lebst,
stets wie ein Süchtiger danach strebst,
bei anderen Menschen Mitleid zu finden,
dich an deine Mitmenschen
zu klammern und zu binden.
Schuld zu verteilen, zu jammern und zu klagen,
dich selbst jedoch nicht nach der Wahrheit zu fragen.
Nach der Wahrheit, die dir bewußt machen kann,
wann, wo und wie diese Schallplatte begann.

Halte inne mit deinem Gejammer,
zieh dich zurück in deine Kammer
und ändere schleunigst dein Programm,
bedenke, daß Selbstmitleid dich zerstören kann.
Keiner, auch nicht einer, kann etwas für dich tun,
denn Selbstmitleid bringst nur du selbst zum ruhn!

Werde bewußt, hör dir selbst einmal zu,
beobachte doch dein Hilflosengetu',
deine Erwartung,
daß die anderen für dich etwas tun!
Erkenne dich selbst, kehre um,
werde bewußt und glückhaft darf sich wenden,
dein Frust in Lebenslust.

Besinne dich

Wie oft siehst du dein Leben
von Unheil nur umgeben
und du jammerst und du klagst,
und du schimpfst nur und du sagst,
böse Dinge über andre
ja, du haderst selbst mit Gott,
gibst ihm Schuld an deiner Not.

Nicht bedenkend deine Worte,
trägst du Mißmut jeder Sorte,
in die Welt durch dieses Tun
und im Unheil gibts kein Ruh'n.

Wache auf, erkenn' dein Treiben,
deinen Hader mit dir selbst.
Deinen Jammer und dein Klagen
darfst du so nicht weitertragen,
höre auf mit dem Gekeif,
besinne dich und werde reif.

BEWUẞTWERDUNG IST JUBEL DER SEELE

Vielleicht haben wir uns an alles, wie es ist, schon so sehr gewöhnt, daß wir nicht wagen oder es auch nicht für möglich halten, daß sich etwas grundlegend verändern kann. Die Gedanken bleiben stets in dem "so war es schon immer" hängen und damit erlauben sie keinen Höhenflug, kein Ausbrechen aus alten Schablonen und Mustern.

Wir sind voller Ängste und in diesen gefangen. Diese Gefangenschaft macht uns manipulierbar, sie macht uns zu hörigen, sanften Schafen, denen permanent das Fell geschoren wird - im wahrsten Sinne des Wortes - damit es andere warm haben.

Wer sagt uns denn, daß es so oder so weitergehen muß und wer kann uns beflügeln, etwas Anderes, Neues zu machen? Es ist unser Geist, der im Einklang mit der Seele, in Zusammenarbeit mit ihr wirken wird, wenn wir bereit sind zu fühlen und zu hören. Wenn wir bereit sind alte Gedankenmuster bewußt unter die Lupe zu nehmen, sie zu beleuchten und zu belichten. So werden wir erkennen, wie wir uns verändern können. Wir werden erkennen, daß wir die Freiheit haben unser Denken zu korrigieren, durch Bewußtsein eine neue Zeit, eine neue Epoche einzuleiten bzw. mit ihr im Einklang zu sein.

Diese Bewußtwerdung der Freiheit, der Möglichkeit auszubrechen aus Altem, einzutauchen in das Neue, bewirkt einen Jubel in der Seele und Freude unbeschreiblich.

Dieser Jubel, diese Freude schenkt unserem Geist Flügel. Seele und Geist vereint können sich erheben in eine höhere Dimension, in eine Glückseligkeit.

Kehre nicht mehr um!

Werde Mensch nach Gottes Bild,
entzünde in dir das göttliche Licht,
sodaß du, nach dem Willen des Schöpfers,
selbst zum Lichte wirst,
das leuchtend und schützend und tröstend,
erfüllt ist von der schöpferischen Kraft.
Das heißt, ein sichtbares Wort Gottes zu werden,
entstanden aus der unendlichen Liebe des Schöpfers,
zu seinem Ebenbilde,
zu seinem Kinde.
Werde was du bist, ein Teil,
eine Zelle des Universums,
die sich dem Ganzen, dem Großen unterordnet,
ihre Aufgabe erfüllt,
sich einbindet in die GÖTTLICHE Ordnung,
in das kosmische Geschehen.

WERDE GROß

O Mensch, du intelligente Kreatur,
verlaufen hast du dich im Leben nur,
wenn die Dunkelheit als Schutz du suchst,
bei jeder Kleinigkeit verzweifelt bist und fluchst.

Wenn du das Tun der anderen wertest,
und dich im Urteil so verhärtest,
daß Gnade niemand finden kann,
in deinem Denken, Vergeben nicht im Plan.

Verlaufen hast du dich im Leben nur,
wenn blind du bist und einfach stur,
wenn du die Liebe, die von Gott geschenkt
und seine Güte, die dein Leben lenkt,
und seine Freude, die dich tragen soll,
verwirfst, nur achtest Hader, wie auch Groll.

Wenn du das Gute deiner Seele unterdrückst,
und dich und andere so belügst,
wenn du die Kraft die dir gegeben,
mit Füßen trittst, läßt nicht erheben,
dann wirst du taumelnd nur,
blind und lustlos gehen eine Spur.

Liebe, Licht, Freude und Frieden,
hast du so selbst in diesem Sein vermieden.
O Mensch, du intelligente Kreatur,
werde groß und ziehe eine gute Spur.

Befreiung

Laß dich nicht fallen,
wenn du beladen bist,
beladen mit der Meinung der andern.
Wirf ab den Ballast,
der nicht deiner ist,
so läßt sich viel besser wandern.

Wenn dein Kopf nach vorne sinkt,
weil er ganz voll und schwer,
besinne dich, mach dir bewußt,
der hängende Kopf gibt Freude nicht her.

Die Meinung, die Erwartung der anderen,
sind Scheuklappen für dein Leben,
man will sie dir
zum Gehorsam geben.

Drum hebe den Kopf,
sieh der Welt ins Gesicht,
du darfst entscheiden wie deine Seele spricht,
du darfst tun, was deine Gefühle dir geben,
die anderen sollen ihre Meinungen selber leben.

Die Hand Gottes

Wenn man freiwillig sich nicht der Einheit schenkt,
wird man mit göttlicher Liebe gelenkt,
durch Krankheit wird man korrigiert,
weil in dieser Zeit man alte Muster verliert,
und sich nun besinnen kann,
wie fange ich neu und anders an.

Entschließt man sich aber für die alte Schablon,
und sieht die Krankheit nicht als Lohn,
sondern als Übel, nutzlos, ohneWert, ohne Sinn,
dann entscheidet man dies und scheidet dahin.

Denn ohne Bewußtwerdung
warum das alles geschah,
und ohne Veränderung von dem was war,
war die Hand Gottes umsonst gereicht,
und Loslassen wird durch den Tod erreicht.

Empfange o Herz

Empfange o Herz,
was zu empfangen sich lohnt,
fühle o Herz,
auch was ungewohnt.

Sei es die Liebe des Schöpfers zu dir,
sei es die Freude, die zu dir will,
lebe die Dinge,
frag nicht so viel.

Laß die Geschenke dich erfreuen,
Beglückung liegt in all dem Neuen,
was jeden Augenblick sich zeigt,
empfange o Herz, was zu dir sich neigt.

Der Gott in dir will leben

Ich sitze da und höre mich innerlich sprechen. Sonderbar ist nur, die Sprache kommt nicht aus dem Kopf, aus dem Verstand, sondern aus dem Herzen oder besser aus dem Bereich Brust. Es ist, als würden die Worte auf einem Förderband von ganz tief in mir herauf- und heraustransportiert, um über meine Hand zu Papier gebracht zu werden. Also schreibe ich Dinge nicht erdacht, sondern aus dem Innersten erfühlt. Ich spüre hier eine Quelle die mir Klarheit schenkt, die mir Leben aus der Fülle zeigt und meinen Wissensdurst labt.

Was mich schreiben läßt kann ich oftmals selbst nicht ergründen. Ich frage mich dann auch, ist es meine eigene Neugier, die mir zu gehorchen gebietet, weil der Verstand es nicht begreift was sich ihm da eröffnet, oder ist es der Wille Neuland zu erforschen oder ist es Freude daran, eine Herausforderung zu ergreifen?

Viele Fragen bewegen mein Herz und die Antwort wird mir in der Stille gegeben.

Immer dann, wenn ich mit diesem inneren Förderband verbunden bin,
finde ich in allem, was da wirkt einen Sinn,
spüre ich die Hand die mich da lenkt und leitet
und fühle Glückseligkeit, die sich ausbreitet,
die meine Brust mit Farbe, Licht erfüllt
und weit und grenzenlos mich macht,

Raum mir schenkt den noch kein Hirn erdacht.
Und Wolke gibt es nicht,
wohin es strahlt das Licht,
Faszination ist reich gegeben,
Glaube und Kraft sowie Wissen,
der Gott in dir will leben.

Wissen ergibt noch keine Weisheit.

Mit dem Wissen, daß im Universum unendlich viel Energie vorhanden ist, Energie die darauf wartet von uns akzeptiert, sowie von uns anerkannt zu werden und durch Öffnen des Panzers, den wir uns zugelegt haben, in uns wirksam werden will, können wir nicht viel anfangen. Etwas zu wissen ist gut, etwas dann aber auch zu tun bringt uns die Möglichkeit der Erkenntnis. Diese Erkenntnis trägt uns zur Gewissheit, zur Wahrheit und damit auch zur Weisheit.

So nach der Volksweisheit: "Probieren ist besser als studieren."

Also versuchen, "probieren" wir es, unseren Panzer zu öffnen, unseren Geist mit dem Allgeist, den HEILIGEN GEISTERN zu verbinden.

Durch dieses Öffnen der Panzerschranktüren verbinden wir uns wieder mit der göttlichen Quelle, wir werden eins mit allem, eins mit Gott.

Dieses Zusein, dieses Verschlossensein hat uns zunehmend geängstigt, hat in uns auch eine permanente

Abwehrhaltung und Agression verursacht. Wir waren der Meinung auf uns alleine angewiesen zu sein, unser kleines bißchen Energie (Licht) verteidigen zu müssen, und wir waren die längste Zeit in dem Glauben gehalten, als Sünder und Ausgestoßene keinen Anspruch auf Zuwendung und Göttlichkeit zu haben.

Durch diese Haltung, durch diese Verschlossenheit saßen wir selbst, unser SELBST, im Dunkel, in eine Ecke gedrängt, nicht ahnend, ja vergessend, wie groß und weit, wie schön und erlebnisreich das Leben, die Welt, die Schöpfung ist, wie "WUNDER"VOLL.

Diese Vorstellung von Alleinsein sollten wir erkennen, sollten es in ALL EINS SEIN verwandeln, dem nach Sicherheit verlangendem Ego die Maske abnehmen und die Möglichkeit ergreifen zu einem erweiterten Weltbild, zu einer Ganzheit zu kommen, die die Fesseln des ICH sprengt und transformierend uns öffnet für das göttliche ICH BIN.

Jeder der sich zu dieser Transformation, zu dieser Erkenntnis durchringen kann, wird symbolisch eine Auferstehung erleben, wie Christus auferstanden ist, um sich mit "seinem Vater" der Urquelle zu vereinen.

Es ist nicht von ungefähr, daß in unsere Zeit die Erfindung der Solarenergie gefallen ist. Alles, aber auch alles hat uns als Gleichnis zu dienen, als Beispiel. Nicht das Materielle soll uns Energie bringen, sondern die Sonnenenergie als die Kraft genützt werden, die den Fortschritt, die Entwicklung der Menschheit darstellt.

Jeder Mensch sollte sein wie eine Solarzelle, die das Sonnen-Christus-Licht aufnimmt und zum Wohle der Menschheit weitergibt.

Eine Solarzelle, die Wärme und Licht und Energie ausstrahlt ohne die Umwelt zu verschmutzen, zu verdunkeln durch Rauch oder schädliche Dämpfe.

Die ganze Menschheit ist aufgerufen, die Sonnen-Christus-Licht-Energie als Solarzelle aufzunehmen und in Liebe, in überströmender Liebe weiterzugeben. Denn die Liebe ist die Kraft, die wärmt und leuchtet, bewegt und vollkommen rein ist. Es ist die Energie, die uns durch Christus auf die Erde, in die Menschheit gebracht wurde.

An uns liegt es, an jedem Einzelnen und damit im Verbund, in der Gesamtheit, eine Energieanlage, eine Sonnen-Christus-Energieanlage zu werden.

EIN KRAFTWERK DER LIEBE.

Alles was bisher war, ist vorbei,
Neues will uns ergreifen und machen frei.
Nimm die Hand eines Engels und wage zu gehen,
du bist nicht geboren um endlos zu stehen,
um bewegungslos, voller Angst
an das Unheil zu glauben,
und dir das Erlebnis Leben zu rauben.

Jesus hat in seiner Lehre gesagt:
ICH BIN die Auferstehung und das Leben!
Dies soll dir Mut und Zuversicht geben.

Ich bin die Auferstehung und das Leben,
hat Christus uns gesagt,
und Sklave ist jeder im Leben,
der daran zu glauben nicht wagt.
Mit dem Christuswort, dem großen ICH BIN,
wirst du auferstehen und leben,
wirst du in Liebe vergessen und vergeben,
wirst du kein Gefangener, kein Sklave sein.
Licht und Freiheit, Liebe und Leben
werden deine Seele erfreu'n.

Nicht sein ICH BIN, sondern dein ICH BIN ist die Hilfe
im Streben.

Willst du? War stets seine Frage,
willst du, hat Gültigkeit alle Tage.
Nur du hast die Kraft dich zu erheben,
nur du kannst dich auf deinen Weg begeben,
nur du, nur du, nur du allein,
kannst auferstehen und leben dein Sein.

Erhebe dich und werde frei,
werde zum Licht, die Liebe Gottes
und der Engel sind dabei.

SICHT DURCH LICHT

Belastet dich etwas und macht dich betrübt,
stell es ins Licht und laß es sich auflösen.
Hast du dir dieses Licht
als Lösungsmittel auserkoren,
hat Dunkelheit, Verwirrung,
die Macht, die Übermacht, verloren.

Alle Last, auch Ärger oder Ängste,
sind Nahrung für die Dunkelmacht,
von dir gehegt, gepflegt, weil unbedacht!
Belichte und beleuchte was dich belastet und betrübt,
stell es bewußt ins Licht,
erkennen wirst du so:
Alles hat nur das Gewicht,
das du ihm gibst,
das du ihm zuweist,
das du mit Emotionen speist
und so erziehst zum Riesen.

Belichte und beleuchte
und du wirst schnell erkennen,
daß selbst ein Riese flüchten muß,
nährst du und pflegst ihn nicht,
mit Hader und Verdruß.

Erhebe dich,
ja stell dich selbst ins Licht,
diese Energie schenkt Kraft
und eine neue Sicht.

Nimm Abstand
von deinen Schwierigkeiten,
geh einen großen Schritt zurück,
das Große, Ganze zu erfassen,
bringt erkennend dir
das Glück.

Von Herz zu Herz

Ich ziehe feine Fäden
von meinem Herz zu deinem
und tanzen will ich auf den Fäden,
denn stark sind sie wie Seile,
und musizieren, Klang erzeugen
auf diesen Fäden, Saiten gleich,
will singen, lachen, Freude leben,
in diesem Herzensfädenreich.

Komm tanz mit mir und singe
und lache voller Freude,
erkenne, daß der goldne Faden,
von deinem Herz zu meinem,
von meinem Herz zu deinem,
die ganze Welt
zusammenhält.

Herzensfäden woll'n wir spannen,
von Mensch zu Mensch,
vom ich zum Du,
ein jeder wird getragen sein
von diesem Netz der Liebe,
und Energie wird frei und fließen,
sich so als Schöpferkraft ergießen,
über Mensch und Tier,
über Natur und Welt,
in die uns Gott hineingestellt.

Schieb keinen Riegel vor

Hast du ein Herz, dann laß es auch mal sprechen,
schieb keinen Riegel vor,
denn aus dem Herzen kommt die Liebe,
kommt Güte und Verstehn hervor.

Nur der Verstand will dich im Urteil halten,
sagt dir, was Gut oder Böse sei,
er ist oft Würger deines Herzens,
bis still es wird, und schwer wie Blei.

WISSE....

Wisse Mensch, daß alles Leben
ist Geschenk, von Gott gegeben,
Schöpfung ist der Mensch und Schöpfer!

Jeden Augenblick im Leben
soll der Mensch nach Gutem streben,
in Gedanken, Tun und Wort.

Alles was sich ihm da zeigt,
hat sich seinem Sinn geneigt,
ist aus eigner Kraft entsprungen.

Wenn mit Mißgunst, Neid und Haß,
er nur füllt das Schöpfermaß,
darf er damit dann auch leben.

Und nicht Strafe ist das Leid,
sondern Rückschlag einer Zeit,
in der er fehl gedacht, getan, gesprochen.

Das Gesetz
von Gott geschrieben,
du sollst
deinen Nächsten lieben,
hat die höchste
Schwingungskraft.

Mehr Gutes ins Sichtbare bringen

In der Vergangenheit ist schon viel über die Macht der positiven Gedanken geschrieben und gesprochen worden. Die einen versuchen dieses Gedankentraining, die anderen lehnen es als Blödsinn oder Spinnerei ab.

Es ist wohl oft so im Leben, wenn sich etwas uns bisher nicht Bekanntes oder nicht Vertrautes auftut, wird es erst belächelt, dann bekämpft und schließlich kopiert. Ich wünsche Ihnen, daß Sie die lange Anlaufzeit über belächeln und bekämpfen auslassen und sich ans Kopieren, Nachmachen halten.

Beginnen Sie einfach damit daran zu glauben, daß Sie große Qualitäten in sich haben und diese Qualitäten nur deshalb noch nicht Fuß fassen konnten, weil Sie sie nicht beachtet, gefördert oder daran geglaubt haben. Es könnte auch sein, daß Sie ständig Ihre Schwächen sehen und dann auch noch meinen, daß diese Schwächen das Maß aller Dinge seien.

Allein der ständige Gedanke von z.B. "Ich bin schwach" oder "Ich bin faul" oder "Ich bin aggressiv", "Ich bin krank" oder "Ich bin ratlos" u.s.w., bekräftigt, ja verstärkt diese Meinung und bringt sie ins Unterbewußtsein. Hier ruht nun diese Meinung und wird jedesmal, wenn es zu einer Entscheidung kommt, wenn eine Aufgabe zu bewältigen ist, sich aufrichten und wirken.

Bedenken sie diese Aussage und prüfen sie Ihre Gedanken oder Aussagen über sich selbst.

Alles, was wir in unserem Unterbewußtsein speichern, ist für uns da. Sowohl im Negativen wie im Positiven. Es ist vorhanden, kann aber nicht beurteilen oder bewerten, ob es hilfreich oder zerstörend ist.

Wenn es nun jedoch immer mehr positive, sagen wir einmal Schalter gibt, wo ein Zugriff möglich ist, dann werden immer mehr Programme erscheinen, die uns unsere Qualitäten aufzeigen, die uns Energie und Kraft, geben um mit den Gegebenheiten des Lebens ruhig und gelassen umzugehen.

Meine Erkenntnis dazu ist, daß mit den Worten "ICH BIN" eine unendliche, göttliche Kraft verbunden ist und daß es dem Menschen als denkendes Individuum gegeben ist, an diese Kraft zu glauben (oder auch nicht), diese Kraft einzusetzen (oder auch nicht).

Diese unendliche göttliche Kraft oder Energie des ICH BIN ist völlig neutral, kennt gut und schlecht nicht, sie fließt.
Als vergleichendes Beispiel nenne ich den elektrischen Strom. Er ist vorhanden, er fließt, wenn wir einschalten. Der Strom kann nicht unterscheiden wofür er Verwendung findet, ob für den elektrischen Stuhl oder für Licht und Wärme. Er kann nicht bestimmen - hier nicht, hier schon. Er ist als Energie hilfreich oder er zerstört. Wo und wie er zu wirken

hat, dazu braucht es die Intelligenz oder den Willen des Menschen.

So ist es auch mit der göttlichen Kraft des ICH BIN.

Hängen sie an dieses ICH BIN eine negative Eigenschaft oder negative Gedanken, so werden sie als Programm wirksam. Versuchen sie mit diesem ICH BIN jemanden zu schaden oder zu täuschen, dann wird diese Energie als Bumerang auf sie zurückgeworfen.

Sind sie gewillt, durch die ICH BIN Kraft ihr eigenes inneres Programm zu bearbeiten, kraftvolle Gedanken über die ihnen eigenen Qualitäten immer und immer wieder anzusprechen, sodaß diese sich damit einprägen können, also in ihrem Schaltsystem einen festen Platz haben, dann werden sie sehr bald die Veränderung in und um sich erkennen dürfen.

Wenn sie glauben, daß das Gute und Schöne, Erfolg, Kreativität, Glück, Freude, Licht und Liebe nur von außen kommen um sie glücklich und zufrieden zu machen, sie nur zu einem Heiligen oder zu Gott beten müssen damit alles geregelt wird, dann werden sie erkennen dürfen, daß Gott oder der angerufene Heilige wieder einmal taub ist und sie werden, vielleicht wie bisher wieder der Meinung sein, das Schicksal meine es nicht gut mit ihnen.

Der Schöpfer, Gott, hat uns Gesetze gegeben und wie immer wir diese Gesetze befolgen, handhaben, zum Einsatz bringen, liegt an uns. Wir haben die Freiheit mit den universellen Gesetzen zu arbeiten oder sie zu mißachten.

Entdecken sie durch den Kontakt mit dem göttlichen ICH BIN ihr höheres Selbst, die Qualitäten und das Wollen ihrer Seele, den wirklichen Weg der Selbst-Verwirklichung.

Schenken sie ihren ICH BIN-Formulierungen Aufmerksamkeit, Hingabe, Heiligkeit und Bewußtheit (Konzentration). Diese Handlung soll einem Ritual gleichen, soll sie herausheben, erheben, beschenken und heil machen. Die so gemachten Gedanken können in ihrer Wirkungskraft einem Gebet gleich werden, können reinigend, lösend und beglückend wirken und dies nicht nur für sie, sondern für Alles und Jedes, für das Ganze.

"Ich bin die schaffende Kraft Gottes und trage bei zum Wohle der Menschheit, zum Wohle des Ganzen!"

ES IST NUR DIR GEGEBEN

Du klagst und klagst in einem fort,
redest und sprichst von der Erde als Ort,
wo keine Freude dein Dasein ergötzt,
kein Mensch sich deiner annimmt und schätzt.
Einsam du deine Tage fristest,
mit Traurigkeit jede Freude überlistest,
damit sie sich ja nicht ausdehnen kann.

Du klagst und klagst in einem fort,
mit bitterer Mine sprichst du jedes Wort,
mit Selbstmitleid füllst du des Tages Stunden,
pflegst und bedauerst deine Lebenswunden,
einsam fühlst du dich, verlassen, allein.

Hast du dich schon einmal, statt zu klagen, gefragt,
wo du Veränderung nicht gewagt?
Wo du dir verbaust die Sicht, das Licht
und selbst dich fesselst durch das Gewicht,
das du den Dingen des Lebens gibst?

Du klagst und klagst in einem fort,
eilst mit dem Klagen mal dahin, mal dort,
stets in der Hoffnung jemand ändert dein Leben,
doch das ist eben nur dir gegeben.

Damit du nicht einsam bist und allein,
pack deine Klagen in die Vergangenheit ein
und wirf sie weg, einfach über Bord,
alles Schwere wäre längst schon fort,
vorbei, würdest du es nicht ständig beklagen,
von einem Ort zum anderen tragen,
als gebe es nichts besseres zu tun.
Versuch es, laß einfach das Klagen ruhn.

WERDE DIR BEWUSST, DASS DU KLAGST

Wie es dir gefällt

Willst du dein eigener Sklave sein,
dann schließe deine Schranken,
laß Freude und Lebenslust nicht herein,
nicht hinaus das Hassen und Zanken.

Halte fest an allem, was war,
an allem, was einmal gewesen,
so bist du gefangen, versklavt fürwahr,
tot und starr, lebend am Verwesen.

Wer hinfällt und sich nicht erhebt,
wird Gehen niemals lernen.
Wer sein eigener Sklave ist,
Schranken nicht hebt,
wird von Freiheit und Freude sich entfernen.

Willst du dein eigener Sklave nicht sein,
dann öffne deine Schranken,
laß Freude und Lebenslust herein,
hinaus das Zagen und Wanken.

Halte nicht fest an dem, was war,
an dem, was einmal gewesen,
nur so wirst du Neues, Großes gewahr,
deine Seele kann genesen.

Wirf die Ängste hinter dich,
Kummer, Sorgen auch dazu,
schreite unbelastet weiter
und das Glück zeigt sich im Nu!
Freudvoll sage JA zum Leben,
JA zu allem was da ist,
weil das JA die Schranken öffnet,
die das NEIN so gerne schließt.

Die Wunder

Unbegrenzt und voller Wunder
darfst du dein Leben sehen,
unbegrenzt und voller Wunder,
darfst du durch das Leben gehen.

Fülle wurde dir geschenkt,
Leben, um zu leben,
Fülle wurde dir geschenkt,
um schöpfend sie zu heben.

Herrlichkeit zeigt uns die Erde,
Wunder, Fülle rundherum,
und wer darin Schlechtes sieht,
ist zum Schöpfen wohl zu dumm.

Herrlichkeit zeigt uns die Welt,
Wunder, Fülle ringsumher,
und wer darin Gott erkennt,
ist seines Schicksals Herr.

Die Chance

Arbeit mit der Seele
ist in jedem Leben die treibende Kraft,
Seelenwunsch es ist, der die Verbindung schafft,
das kleine ich, das Ego, das lasse einmal ruhn,
gib deinem Selbst, der Seele, die Chance das zu tun,
was sie, dem Willen Gottes unterstellt,
für wertvoll, wichtig, nützlich hält.
Drum gib dem Ego zu verstehen,
nicht alles kann um es sich drehen.

Dein kleines, leicht gekränktes ich,
dein kleines, stets enttäuschtes ich,
dein kleines, gern verletztes ich,
sucht zu beherrschen dich.
Gekrönt fühlt sich das Ego dann,
wenn es dir so erzählen kann,
du seist eben ein sensibles, feines Wesen,
doch das Ego ist noch nie ehrlich zu dir gewesen,
ohne Unterlaß, mit Arroganz sagt es dir immerzu,
ich rate dir gut, ohne Tadel bist du,
nur die anderen, ja die, die haben sich zu wandeln,
damit dich nicht verletzt ihr böses Handeln.

STELL ES INS LICHT,
DIESES KLEINE ICH,
BELEUCHTE ES
SCHONUNGSLOS.

Gib dir so die Chance zu erkennen,
so wie du, ist jedes Wesen göttlich zu nennen.
Läßt du dein Selbst, die Seele, walten,
kann sich kein Ärger, Gekränktsein,
keine Angst mehr halten,
sie gehen verloren wie Dunkelheit im Licht,
hast du dir bewußt gemacht,
wo und wie dein Ego spricht.

Wenn sich dein Ego so mächtig gebärdet,
bist du stets konfliktgefährdet.

Die Wahl

Was hast du dir heute an Gedanken bestellt,
hast du die richtigen gewählt,
oder bist du ganz sorglos gewesen,
in deinem Gedanken auslesen?

Ist dir bewußt, wie Gedanken wirken,
daß deine Gedanken wichtig sind?
Ist dir bewußt, daß alles sich ordnet
nach deinen Gedanken geschwind?

Du denkst, dies ist ein böser Mensch,
wie kann er gut dann sein?
Du denkst und nach deinen Gedanken,
stellt sich sein Handeln ein.

So wie du denkst, so muß es sein,
dein Leben, dein Geschick,
wenn du stets nur das Unglück siehst,
verhinderst du dein Glück.

Du wertest, urteilst, verurteilst, denkst schlecht,
und bist so deiner Meinung Knecht,
gefangen, ein Sklave deiner Negativität,
siehst du ständig schwarz, von früh bis spät.

Wisse, daß deiner Gedanken Kraft
so manches Unliebsame schafft.
Weil du es gedanklich in den Raum gestellt,
beherrscht es nun deiner Geschicke Welt.

Deine Gedanken
bauen immerzu und immerzu
eine ganze Welt um Dich
und das ist Deine Welt.
Du hast sie Dir geschaffen,
denke stets daran!

DIE GROßE HILFE!

Der Geist, unser Geist in Verbindung mit dem HEILIGEN GEIST, mit dem alles bewegenden, alles lenkenden, überall seienden HEIILGEN GEIST bewirken eine Umwandlung, eine Veränderung, eine Umwälzung in unserem Leben. Wir sind immer und stets mit diesem HEILIGEN GEIST verbunden und trotzdem wollen wir es nicht wahr haben, daß diese Verbindung verwandelnde, wirkende Kraft besitzt.

Das ganze Universum ist in steter Verwandlung, in steter Veränderung und vor allem in steter Bewegung. Nur wir glauben, uns dieser Tatsache verschließen zu können, wir glauben, alles bleibt wie es ist oder einmal war. Dies jedoch ist Illusion und so liegt es an uns, Veränderungen in und um uns zuzulassen, ihnen Aufmerksamkeit zu schenken, Bewußtheit und Akzeptanz.

Wir sind materialisierte Geistwesen und als solche jederzeit mit den universellen HEILIGEN GEISTERN verbunden. Durch die verdichtete Materialisation sind wir der Meinung, alles was zu tun sei, sei "Hand anzulegen" um eine Veränderung herbeizuführen. Durch diese Ansicht haben wir uns von der göttlichen Kraft in uns entfernt, haben verlernt, geistig zu wirken, haben verlernt, daß unsere Gedanken als Grundlage für das in unserer Welt Seiende wirkend, ja ausschlaggebend, sind. Wir haben uns daran gewöhnt alles zu kritisieren, über alles zu schimpfen, alles zu verurteilen, alles auch zu beurteilen, das heißt, unsere Gedanken in Dinge einzubringen, und zwar unsere negativen Gedankenschwingungen, wo diese in keiner Weise gefragt sind. Wie oft kümmern wir uns um die vermeintlichen Fehler der anderen, statt vor der eigenen Türe zu kehren, oder wie Christus sagte: "Du siehst den Splitter im Auge deines Bruders, deinen eigenen Balken aber siehst du nicht." Wir sind in der Meinung, alles besser zu können oder zu wissen so sehr verankert, daß wir verlernt haben, Neutralität zu üben, uns nicht überall einzumischen und, wahrlich ungefragt, unsere negativen Gedankenschwingungen auszustrahlen.

Wir wissen es, und wir wissen es wirklich, daß Kritik nichts bringt außer Streit und Verletzung, daß Schimpfen nichts bringt außer Ärger, Zorn und Verletzung. Wir wissen, daß Vergeltung nichts bringt außer Haß, Rachegefühle und Krieg, daß Geltungssucht zu nichts anderem führt als zu Egoismus, Unterdrückung und Verachtung.

Alles das wissen wir oder spüren es, ja sagen es auch oft und trotzdem sind wir nicht bereit, bei uns selbst anzufangen dieses Tun, diese Gedanken zu beenden, dieser Energie eine andere, wohltuende, liebevolle, aufbauende, behutsame Richtung zu geben.

Beginnen Sie einmal ganz bewußt den Gesprächen zu lauschen, die da so zeitfüllend gehalten werden. Lauschen Sie einmal ganz bewußt den Gesprächen und Sie werden erkennen, wie viele Menschen über andere sprechen, immer besser wissen, wie es richtig gewesen wäre oder alles nur negativ sehen. Sie nehmen sich das Recht alles zu kritisieren und sei es nur das Wetter. Setzen Sie sich einmal in einen Bus oder Zug und hören zu, wie lange, wie ausführlich und mit welcher Hingabe man über Krankheiten sprechen kann, über Geschehnisse bei denen natürlich immer die anderen schuld sind. Es wird über Politik und Wirtschaft geschimpft, über die Jugend hergezogen, über die bösen Autofahrer und Raucher, über die unerwünschten Ausländer. Es werden Geschichten weitererzählt, die man natürlich nur vom "Sagenhören" kennt. Wobei jeder nach seinem "Gehörten" weitererzählt und so Unwahrheiten, Halbwahrheiten oder überhaupt Lügen weitergetragen werden.

Beginnen Sie den sogenannten Diskussionen zuzuhören, bei denen jeder versucht, seinen Standpunkt zu festigen, seine Meinung zu vertreten. Es wird gar nicht hingehört, was der andere zu sagen hat. Es läuft kein Gespräch, sondern eben eine Diskussion. Ich sehe darin stets eine Kampfarena, in der "Diskuswerfen" die angesagte Disziplin ist und es nur darum geht, wie kann ich den anderen besiegen, wie kann ich besser, weiter und effektiver werfen. Diskussion ist ein Kampf, ein Schleudern von Worten, ein Werfen von Beschimpfungen, ein Aufbieten aller Kraft, den anderen zu besiegen. Es ist schade um jede Minute, die man verbringt, so einer Diskussion zuzuhören. Es ist absolute Zeitverschwendung und bringt nur Meinung aber kein Wissen.

Werden Sie sich all der negativen Berichte und Aussagen bewußt, und machen Sie sich auch bewußt, daß sich mit jeder Erzählung, mit jeder weiteren dazugebrachten negativen Meinung alles noch mehr vertieft, verfestigt, ja letztendlich materialisiert - und noch immer sind wir nicht bereit zu glauben, daß wir die Schöpfer aller Dinge sind.

Es bedarf einer fundamentalen, einer tiefgreifenden Änderung der Denkgewohnheiten. An alle geht der Appell das Schöne, das Ergreifende, das Fördernde und Erhebende anzusprechen, das Gute und Hilfreiche in den Vordergrund zu stellen. Die innere Wandlung, die Bewußtwerdung und Veränderung in jedem Menschen muß vorausgehen, damit eine Wandlung im Äußeren erfolgen kann. Der Geist ist in jedem Menschen eine lenkende Macht und die Gedanken eine bildende Kraft. Wer diese Tatsache, diese Wirklichkeit nicht erkennen und akzeptieren will, wird es an Hand seiner Lebensqualität, an Hand seiner Lebenserfahrungen lernen müssen.

Der neue Zeitgeist wird sehr hilfreich sein, diesen Sprung in die neue Dimension zu vollbringen. Wer jedoch glaubt, so wie bisher weitermachen zu können, wird erfahren, daß die universellen Gesetze nun sehr rasch reagieren, das heißt, daß jeder gemäß seinem Verhalten rasch eine Wirkung erfährt. Das Echo unseres Verhaltens wird spürbar und hörbar, schnell, ohne Verzögerung zu uns zurückkommen.

Sind wir bereit unser Handeln und unsere Gedanken zum Fortschritt und zum Segen von uns selbst und unserer Mit- und Umwelt einzusetzen, dann werden wir sehr rasch deren positive Auswirkung erfahren und erleben. Lassen wir uns weiter unbewußt treiben, so werden wir auch hier mit der Ernte leben müssen. Wieder, wie seit Anbeginn unserer Existenz haben wir den freien Willen das eine oder das andere zu tun, nur die Zeit des Erlebens der daraus resultierenden Ergebnisse ist verkürzt, weil wir in einer neuen, anderen Zeitqualität leben, in eine höhere Dimension eingetreten sind.

Der Ruf an jeden Menschen und damit an die Menschheit geht dahin:
ALLE ALTEN DENKMUSTER ABZULEGEN,
SICH BEWUßTER SEINER INNEREN, GÖTTLICHEN KRAFT ZU BESINNEN,
DEN INNEREN GEIST SPRECHEN ZU LASSEN,
ACHTSAMKEIT UND ACHTUNG DEM ANDEREN ENTGEGENZUBRINGEN,
DAS HANDELN UND DENKEN MIT BEWUßTHEIT ZU FÜLLEN,
DEN GOTT IN SICH UND IN ALLEM UM SICH ANZUERKENNEN UND
DEN GÖTTLICHEN FUNKEN IN SICH ZU EINEM STRAHLENDEN LICHTE WERDEN ZU LASSEN.

Lege die Waffen ab

Du bist der Hüter deiner Grenzen,
die du dir selbst gebaut,
an diesen stehst du nun bewaffnet,
damit kein "Feind" darüber schaut.

Doch auch ein Freund wird abgewiesen,
durch deiner Grenze Zaun,
und so, wirst du bald einsam sein,
und ängstlich keinem traun.

Du stehst allein in deinem Land,
das Freude, Lachen, Fröhlichkeit nicht kennt,
und fühlst dich immer mehr und mehr,
von der Umwelt abgetrennt.

Müde wird dein Herz,
weil Liebe es entbehrt,
müde wird dein Körper,
weil Waffe ihn beschwert.

Was deine Grenzen und deine Waffen sind,
mein Freund, ich kann sie dir beschreiben:
Es ist dein Ego und der Worte Wind,
die du mit Zorn und Bitterkeit läßt treiben.

Selbsttäuschung lebst du ohne Bedenken,
willst so, keinem Achtung schenken,
fühlst dich angegriffen ohne Grund,
und Pfeile verlassen deinen Mund.

Eigendünkel ist die Waffe,
die mit Bosheit wird geladen,
und du kämpfst zu guter Letzt,
selbst mit Nebelschwaden.

Doch dein ärgster Feind bist du,
denn DU findest keinen Frieden,
und DU findest keine Ruh!

Leg ihn ab den Eigendünkel,
der so nutzlos dich beschwert,
such behutsam deine Worte,
weil sich Friede so vermehrt.

Leg den Zorn, das Aufbegehren,
Schuldverteilung und Belehrung
weg, weil sie dich selbst verletzen,
und zur Umwelt Grenzen setzen.

Die dir Freiheit, Größe rauben,
und dich fesseln an den Glauben,
du seist als Kämpfer in der Welt,
in die dich Gott als Mensch gestellt.

Der Regent der "Neuen Zeit"

Der Regent der "Neuen Zeit"
ist ein HEILIGER GEIST!
Er ist es, der dich führt und leitet,
der dich berät und dich begleitet,
der für dich da ist jederzeit,
sei IHN zu fragen nur bereit.

Öffne dich der großen Hilfe,
öffne dich der großen Kraft,
öffne dich seiner Weisheit,
öffne dich seiner großen Liebe.
Öffne dich durch stetes fragen,
gib IHM die Chance dir zu sagen,
was der WILLE GOTTES ist.

ER ist der Mittler und stets für dich da,
frage IHN, wenn dir etwas nicht klar,
ER belichtet und beleuchtet deinen Weg,
drum Vertrauen in seine Hilfe leg.
So bist du mit dem Zeitgeist verbunden,
und wirst "im Geiste wandeln" bekunden.

Ganz schnell wirst du seine Liebe erfahren,
denn seine Hilfe wird dir Umwege sparen,
Sicherheit und Mut wird dir verkünden,
es war gut, sich mit diesem
HEILIGEN GEIST, dem Zeitgeist, zu verbünden.

Das Ego

Dein Ego meint manchmal
du müßtest dies oder jenes besitzen,
und es treibt dich, läßt dich schwitzen,
flüstert dir stets in dein Ohr,
du mußt es haben, scheu dich nicht davor.

Dein Ego sagt dann,
setz alles daran,
selbst wenn es deine Gesundheit ist,
Hauptsache ist, daß du es besitzt.

Wenn du es sodann dein Eigen nennst,
kommt das Nächste, wonach du rennst,
zufrieden kann es nicht sein,
dein Ego, es redet dir ständig ein:

Eile, eile, raffe, raffe,
hetze, hetze, schaffe, schaffe,
gib ja dem Göttlichen keine Zeit,
denn das ist meine Konkurrenz,
schieb es weg, ganz weit.

Horch nur auf mich,
ich berate dich,
ich zeige dir, wo was zu holen ist,
und helfe dir, damit Bedenken du vergißt.

Durch dieses Hetzen, Hasten, Eilen,
findest du keine Zeit zu verweilen,
um die ewige Weise,

Melodie des Universums, zu hören,
du läßt dich von Bedürfnissen betören,
die du nicht hast, die Wahrheit nicht sind,
nur Illusionen, denen du nacheilst geschwind.

Damit du dem Ego glaubst, auf es hörst,
und seine Macht dadurch nicht störst,
spricht es in dir stets deine Ängste an,
weil es so über dich regieren kann,
weil es so seine Dynamik nicht verliert,
und dich beherrscht und dirigiert,
das Ego!

Behutsamkeit

Behutsamkeit im Umgang mit der Kreatur,
gemeint ist damit Mensch und Tier, sowie Natur,
Behutsamkeit ins Leben einbezogen
ist Energie, ein Fluten und ein Wogen
von Kraft, von Liebe und von Gutem,
schenkt Stärke, Freude, Mut und Glück,
Behutsamkeit im Umgang mit den anderen,
fällt immer auch auf dich zurück.

Du hast, wenn du Behutsamkeit läßt walten,
Geist und Herz um liebevoll die Welt zu halten,
symbolisch zu umarmen in Weisheit und in Güte,
Behutsamkeit ist deiner göttlichen Wurzel Blüte.

KRITIK

Kritisieren hat nichts mit Liebe zu tun,
Kritik macht gegen Liebe immun,
Liebe versteht, hat wandelnde Kraft,
Kritik vergeht und hat nichts geschafft.

Wer glaubt, daß man,
weil liebend,
kritisieren muß,
der zieht mit Verlaub,
den falschen Schluß.

Denn Kritik und Liebe
haben kein verbindendes Element.
Kritik ist wie der Tod,
der uns vom Leben trennt,
entweder das eine oder das andere,
wir haben die Wahl,
Liebe schenkt Kraft,
Kritik nur Qual.
Liebe ist Leben,
Kritik ist Tod,
dies zu erkennen wendet die Not.

Ich bin bereit,
meine Mitmenschen
mit liebenden Augen
zu sehen.

Lebe im Jetzt

Werde leer in deinem Sinn,
leer von allen Dingen,
leer von der Vergangenheit,
denn sie will dich zwingen.

Zwingen an etwas zu glauben,
was gewesen ist,
will dir nur den Glauben rauben,
daß stets Neues in dich fließt.

Laß dir nicht den Sinn belasten
von - was gestern war,
heute - jetzt mußt du erfassen,
nur der Augenblick ist wahr.

Jede Situation wo das "h" dir fehlt,
ist Vergangenheit - die fürwahr - nicht zählt.

Würde in einem Fluß Wasser stehen bleiben,
wäre Überschwemmung das große Leiden,
so ist es auch bei dir, wenn du dich verschließt,
wenn zu allem Alten stets das Neue fließt.

Stau und Überschwemmung ist der Seele Leid,
Unruhe, Ängste und Verzweiflung
machen sich dann breit,
auch kannst du so das Neue,
das dich beglücken will,
in seiner Wahrheit nicht erfassen,
durch deinen trüben Sinn.

Drum öffne deine Schleuse,
werd leer von Dingen der Vergangenheit,
denn alles was da war,
das war zu anderer Zeit,
läßt du es zu, zeigt es dir an,
Vergänglichkeit sehr wahr sein kann.

Gott schenke mir die Kraft,
zu tun was Liebe schafft,
und schenke mir die Stärke,
zu gehen an die Werke,
die wichtig sind und richtig!
Laß mein Gemüt sich beugen,
und Demut mich bezeugen!

ICH BIN bereit!

Gott ist

In allem was ich sehe, seh ich Gott,
er ist allgegenwärtig, keine Frage!
Wohin ich immer gehe, geh ich mit Gott,
er ist allgegenwärtig alle Tage!

Erkennend seine Liebe,
laß ich mich gerne leiten,
erkennend seine Herrlichkeit,
will ich durchs Leben schreiten.

Sein Licht in meinem Herzen,
will liebevoll ich tragen,
seine Allgegenwart in mir,
auch zu bekunden wagen.

Was immer ich tue, tue ich mit Gott,
er ist allgegenwärtig, keine Frage!
Um mich glüht Gottes Segen,
er ist allgegenwärtig alle Tage!

Aus der Dunkelheit ins Licht

Festgefahren in unsere Vorstellungen was Leben ist, was Leben zu sein hat, verbringen wir die Tage der Zeit entweder mit Arbeit oder mit Vergnügen und denken, dies sei "Selbstverwirklichung".

Selbstverwirklichung hat auch mit Arbeit zu tun, jedoch nicht mit Arbeit wie wir sie noch verstehen, sondern mit Bewußtwerdung und Hingabe an das Göttliche in uns. Es ist die Arbeit der Transformation - die Arbeit an uns selbst, das heißt uns, unsere innere Welt zu ändern, aus der Dunkelheit in der wir gefangen sind auszubrechen und die Sonne, das göttliche Licht, das Christuslicht in uns erstrahlen zu lassen.

Unsere Unbewußtheit ist aufgefordert, sich in Bewußtsein zu wandeln. Und in uns liegt diese Kraft, diese Quelle des Lebens.

Wir sind aufgerufen unsere Arbeit am Schöpfungsprozeß mitzuleisten, uns zu erheben und Gottes Hand zu ergreifen und damit Himmel und Erde zu verbinden. Das wahrwerden zu lassen, was seit Anbeginn in uns enthalten ist, dieses verbindende Göttliche.

Wir sind aufgerufen gemeinsam diese Selbstverwirklichung in der Menschlichkeit, im Willen zum Guten, in der Liebe und im Frieden mit sich und den Mitmenschen zu verwirklichen. Jedoch haben wir auch die Freiheit im Unbewußten weiter zu verharren und in der Dunkelheit, voller Angst, zu leben.

Ich denke, daß jeder Mensch sich nach der Berührung der Hand Gottes sehnt. Haben wir also den Mut, unsere Hand auszustrecken, haben wir den Mut, Hand mitanzulegen und durch unser Handeln die Energie des gemeinsamen göttlichen Geistes zur Wirkung zu bringen.

Selbstverwirklichung heißt, etwas Mitgegebenes, etwas Mitgebrachtes durch Tätigkeit und aktives Tun umzusetzen, in die Welt zu bringen. Licht und Liebe in die Dunkelheit zu stellen.

Unser lebendiges ICH-SELBST-BEWUßTSEIN soll die treibende Kraft sein, soll jene Kraft sein, die wir die Kraft der Liebe nennen und uns dazu befähigt, aus dem ICH BIN heraus das zu tun, was das Gute genannt wird. Nicht aus Angst vor der Bestrafung oder aus der Erwartung, daß sich das Gute lohnt, sondern aus Freude zum Willen des Guten soll die Menschheit sich entwickeln. Entwickeln zu dem, was uns Christus in die Welt gebracht hat. Die lebendige, überströmende, göttliche, reine Liebe zu leben und dadurch Liebende des Universums zu werden. Es ist dies die Liebe, die aus der Dunkelheit ins Licht führt.

Dies zu lernen und zu leben ist der wahre, wirkliche Sinn des Lebens.

Damit es dir gut geht, laß dich von Gott in die Umarmung von Liebe und Vereinigung schließen. Nicht getrennt von IHM durch Schuld, sondern vereint mit IHM im Frieden, schenkt dir Sicherheit und Gewißheit, daß es keine Trennung von Gott gibt.

Öffne alle Türen des Herzens und des Geistes um das Licht hereinströmen zu lassen. Im Lichte der Wahrheit, im Lichte des Wissens um Gottes Liebe zu seinem Kinde wird Angst weichen, weil Angst durch die Liebe keine Existenzberechtigung besitzt.

Das Christuslicht ICH BIN ist in dir und sehnt sich danach, mit dem Licht und der Liebe Gottes vereint zu werden. Öffne deine Türen, damit diese Verbindung ohne Grenzen geschehen und damit dein Selbst verwirklicht werden kann.

Wenn wir uns von der Liebe trennen

Göttliche Liebe ist die Verbindung zu Gott,
göttliche Liebe nicht gelebt, führt in Not.
Wenn wir die Liebe, die in allem wirkt,
nicht durch uns wirken lassen,
kommt es zu einem Stau in uns
und wirft zurück das Hassen.

Wir können uns dann selbst nicht lieben
und Achtung geht verloren,
und lieblos, achtlos werden wir,
zu allem was geboren.

Torheit will ich es mal nennen,
wenn wir uns von der Liebe trennen,
wenn wir die Energie der Liebe
achtlos nicht erkennen
und kraftlos, lieblos, gottlos,
durch das Leben rennen.

Einsamkeit, Sinnlosigkeit und Leere
sind so die große Not,
mit Hass, Neid und Angst
leben wir, bis in den Tod.

Ich bin bereit
die "Universelle Liebe"
walten zu lassen.

UNGLAUBWÜRDIG?

Während ich an diesem Buch schrieb und ziemlich konzentriert die Gedanken und Gedichte einströmten, immer mehr und immer öfter das Wort Gott vorkam, befielen mich Zweifel wie: "Hoffentlich verstehen meine Leser alles was ich hier niederschreibe, und hoffentlich ist nicht zu viel und zu oft die Sprache von Gott!"

In meinem Mann habe ich einen liebevollen, verständnisvollen Partner, der auch stets bereit ist, meine Niederschriften zu lesen, mir auch Mut macht, sie zu veröffentlichen. Er meinte hin und wieder: "Das klingt ja alles sehr heilig, mir wird es fast zu viel!"

Eines Tages kam er, wie gewohnt, mittags nach Hause. Ich brauchte an diesem Tag nicht zu kochen, weil wir einen sogenannten Obsttag eingelegt hatten, und so saß ich an meinem Schreibtisch. Voller Begeisterung las ich ihm zwei "neue" Gedichte vor, die ich am Vormittag niederschrieb. Wieder gab es da viel "Göttliches" zu hören und er sagte mit einem Lächeln und verschmitzten Augen: "Komm, wir wollen nun ganz weltlich sein und einen Spaziergang machen!"

Wenn ich mich in einer sehr konzentrierten Schreibphase befinde, bin ich nicht immer zu einem Spaziergang bereit, an diesem Tag aber hatte ich das Gefühl, es ist gut, in die Natur zu gehen und willigte ein. Wir sprachen über verschiedene Dinge die zu erledigen anstanden. Ich berichtete ihm über ein Telefongespräch, welches ich am Vormittag mit einer lieben Freundin hatte, das für mich sehr interessant war, weil es um die Schwingungen der "Neuen Zeit" ging und um die Tatsache, daß es spürbare Veränderungen gibt. Damit waren wir wieder bei dem Thema Gott, Göttlichkeit, Glaube und Bewußtwerdung. Wieder wurde die Frage erörtert, ob nicht viel zu viel davon in meinen Gedichten und Texten enthalten sei?

Gefühlsmäßig ist mir natürlich völlig klar, daß ich an keinem der Texte etwas ändern kann oder darf, verstandesmäßig jedoch wird stets hinterfragt.

Was noch während diesem Gespräch, dieser Frage passierte, das will ich nun berichten.

Wir beide stehen gerade am Ende eines Fußweges, müssen eine Kreuzung überqueren, um in eine der vier zur Auswahl stehenden Straßen einzubiegen, damit wir unseren gewohnten Spazierweg erreichen.
In der Kreuzung kommt ein Radfahrer auf uns zu der vor uns absteigt, uns dadurch am Weitergehen hindert, und mit folgenden Worten anspricht: "Entschuldigen Sie, wenn ich Sie anspreche, aber ich muß Ihnen sagen, es gibt Gott. Er hat sich mir gezeigt an einem Freitag um 12.00 Uhr. Ich wurde in ein großes Licht eingehüllt". Dazu zog er etwas aus seiner Brusttasche und reichte es uns. Es war ein Bild, das Christus, eingehüllt in einem großen Lichtkreis, darstellte. Dieses Bild, so meinte er, zeige er nur, damit wir uns dieses wunderbare Licht vorstellen können.

Wortwörtlich sagte er zu uns: "Warum können die Menschen nicht glauben, daß es Gott gibt." Ich sah in das Gesicht dieses Mannes, und mich durchfuhr der Gedanke, das muß ein Engelwesen sein. Er strahlte sehr viel Klarheit und Reinheit aus. Er zeigte mir noch seinen Rosenkranz, der schon ganz abgegriffen war von seinen Gebeten, wie er es ausdrückte, für die Menschen und die Erde. Mit den Worten: "Gott segne Sie mit Licht und Liebe" schwang er sich wieder auf sein Rad und fuhr weiter. Mein Mann und ich waren so berührt, daß wir hinterher feststellten, wir haben gar nicht gesehen, welchen Weg er einschlug, wohin er weiterfuhr.

Natürlich kann man dieses Ereignis, dieses Erlebnis ganz banal betrachten und erklären oder, man kann darin eine Botschaft erkennen. Man kann so eine Sache auch belächeln und den, der darin etwas Außergewöhnliches findet, als einen Träumer oder Fantast hinstellen.

Viele würden es auch einen Zufall nennen, was immer man unter Zufall versteht. Ich habe einmal von einem Freund gehört, Zufall sei ein universelles Gesetz, dessen Name wir nicht kennen.

Für uns war es eine Botschaft die wieder einmal zeigte, es gibt Dinge die man sich nicht erklären kann und vor allem, man bekommt auf jede Frage eine Antwort. An einem selbst liegt es nun, sie zu akzeptieren oder in den Wind zu schlagen.

Wenn ich mir meiner Gefühle über das Erlebte bewußt werde, dann spüre ich so etwas wie Schamgefühl wegen meiner Zweifel, Dankbarkeit für das "Wunder", den "Zufall", Dankbarkeit für die Mittel und Wege, die meine Schutzengel und Lichtfreunde fanden, um mich zu bestärken, und vor allem spüre ich eine große, unbeschreibliche Freude in mir.

Diese Gefühle sagten mir, du bist am richtigen Weg, laß dich nicht aufhalten ihn zu gehen.

Es war für mich eine Offenbarung, die die Auflösung meiner Zweifel bewirkte.

Auf der nächsten Seite finden sie nun eines der "neuen" Gedichte, die ich am Vormittag dieses Tages niederschrieb.

Schicksal

Wie kann ich der Schöpfer meines Schicksals sein,
so fragen viele, tagaus, tagein.
Schicksal, so sagt man, ist doch von Gott gegeben,
ich kann es nur erleiden und erleben.

Sehr bequem und ungerecht obendrein
ist so ein Denken tagaus, tagein.
Gott schenkte die Freiheit, legte Gnade dazu,
er regiert nur mit Liebe, dein Schicksal schufst du.

ZUFALL

Glaube daran, es ist nichts dem Zufall gegeben,
alles was ist, ist geplant und durchdacht,
nicht Zufall schenkte dir das Leben,
es ist verursacht durch eine höhere Macht.

Z = Zeit
U = Ursache
F = Fülle
A = All
L = Leben
L = Liebe

Dies alles ist nach Gesetz bestimmt,
nach Gesetz, dessen Name wir nicht kennen,
je nachdem, wie der Mensch es nimmt,
darf er den "ZUFALL" Glück benennen.

Nimmt er das Gesetz Zufall nicht dankbar an,
und wird sich nicht bewußt des Zufall's Plan,
dann hat er aus der Zeit, der Ursache, der Fülle,
dem All, dem Leben und der Liebe
das richtige Schöpfen versäumt
und unbewußt das volle Leben verträumt.

DIE HILFREICHEN HÄNDE

O GOTT, was schenkst du uns an Hilfe
durch DEINEN SOHN und durch die HEILIGEN
GEISTER!

Alle DEINEN WILLEN kennen,
und Verbindung schaffen,
wo wir uns von DIR trennen.

Seit Anbeginn der Zeit
und in Ewigkeit,
sind sie Verbindung zwischen Mensch und DIR.

Nur unser Eigendünkel läßt nicht zu,
daß wir sie fühlen, hören, akzeptieren,
und uns somit, in Dunkelheit verlieren.

Hände sind uns stets gereicht,
die hilfreich uns das Gehen lernen,
die mit dem Licht und mit der Liebe,
sich nie von uns entfernen.

Nur der Mensch in seiner Eigenwilligkeit,
ist diese Hilfe anzunehmen nicht bereit.

Ich höre Deine Stimme

Heiliger Geist ich danke Dir,
Du sprichst mit mir, Du sprichst mit mir.

Ich höre Deine Stimme,
wenn ich mich Deiner entsinne,
wenn ich Dich frage bist Du zugegen,
und schenkst mir Antwort und Deinen Segen.

Du gibst mir Sicherheit und Mut,
und das tut meiner Seele gut,
Du spendest Kraft, Gewissheit und Erkennen,
ich darf mich so mit Dir verbunden nennen,
darf Friede und Liebe und Freude leben,
die Du mir schenkst, die durch Dich mir gegeben.

Frieden in der Seele

Ich atme tief und spüre große Ruhe,
Dankbarkeit steigt in mir hoch,
ich fühle Frieden in der Seele,
ICH BIN geliebt, was brauch ich noch.

Glückseligkeit sprengt alle Grenzen,
ich dehn mich aus in Raum und Zeit,
und schwinge mit der Melodie im All,
die Liebe ist's, die mich befreit.

Befreit von allem was da Last und Bürde,
Leichtigkeit trägt mich empor,
Harmonie ergreift mein Sinnen,
gepaart mit Kraft wie nie zuvor.

Halleluja ist das Wort,
das sich auf die Lippen drängt,
Halleluja singt meine Kehle,
als Jubel, der in GOTT sich fängt.

Das Licht ist in uns

Es mag wie eine Prophezeiung klingen wenn ich behaupte, daß sich auf der Erde vieles verändern wird und zwar sehr rasch und alle Menschen, ausnahmslos alle, sind aufgerufen mitzumachen.

Wir suchen Gott stets irgendwo und heben unseren Blick zum Himmel. Könnten wir doch erkennen, daß Gott in uns, in jedem und allem ist, dann könnten, ja dürften wir aus der Polarität - Gott oben, der Mensch unten - aussteigen. Wir würden eine Ganzheit, eine Einheit, eine Alleinheit erkennen und damit aus der Spannung der Polarität uns befreien.

Gott ist im Himmel, aber auch auf Erden, ER ist allgegenwärtig, ER ist allüberall, ER ist in uns und wir in IHM.

Wir suchen Gott irgendwo und denken nicht daran, IHN in uns zu finden. In uns SELBST.
Wenn wir IHN noch im Draußen stehen haben, dann ist es an der Zeit, IHN in uns hereinzunehmen.

Dies wäre der Moment SELBSTbewußt zu sein. Viele Menschen meinen Selbstbewußtsein zu haben, wenn sie sich des Ichbezogenseins befleißigen. Ichbezogen sein ist egoistisch sein.

Wären wir nur egoistisch genug um Gott zu integrieren in uns hereinzunehmen, es wäre ein gesundender Egoismus. Es ergäbe sich dann dieses ICH BIN und würde Bewußtheit, Bewußtsein entstehen lassen. Dieses ICH BIN ist ein göttliches ich, das SELBST-ICH, das nicht mehr gekränkt oder beleidigt werden kann. Dieses ICH BIN ist göttlich und Gott kann man nicht kränken, beleidigen, verletzen. ER ist unantastbar weil Liebe seine Grundlage ist.

Ich bin der ICH BIN ist die höchste Erkenntnis, ist das Christuslicht, das Licht in jedem Menschen und das Tor das uns zur Evolution des Geistes, der Seele führt, das Tor durch das wir schreiten müssen um die nächste Ebene zu erreichen.

Nicht getrennt

Nicht getrennt von deinem Schöpfer,
darfst du dich im Eifer drehen,
nicht getrennt von deinem Schöpfer,
darfst du durch das Leben gehen.

Vertraue voll dem Plan, der Ordnung,
schenk dem Zweifel keine Macht,
Glaube, Hoffnung und die Liebe,
sind dir, als Rüstzeug, zugedacht.

Laß es glitzern, laß es leuchten,
dieses Rüstzeug, jederzeit,
Glaube, Hoffnung und die Liebe,
überbrücken jedes Leid.

Glückseligkeit

Ich bin in der Einheit,
und in ihr dehne ich mich aus,
bin grenzenlos glücklich und
freudvoll, tagein und tagaus.

Ich bin in der Einheit,
da fühle ich Gott,
hier entfernt sich Angst und Not,
hier spüre ich, Liebe und Friede
erfüllen mein Herz,
Freude trägt mich himmelwärts.

Ich bin in der Einheit,
mit allem was ist,
Glückseligkeit aus meinem Innen fließt,
ich spüre es, ich fühle es
und ich sage es laut,
in der Einheit zu sein heißt,
das Licht geschaut.

Das Licht ist da

Das Licht ist da,
auch wenn du deine Augen schließt,
das Licht ist Energie,
die sich über dich ausgießt,
dem Lichte kannst du nicht entweichen,
es wird dich überall erreichen,
denn es ist da, das Licht,
erhellt den Geist, erweitert deine Sicht.
Es schenkt sich dir, zu sehen deinen Weg.

Das Licht ist da,
auch wenn du deine Augen zuhältst,
und so die Dunkelheit erwählst.
Ein paarmal noch dir die Zehen gestoßen,
Enge verspürt, statt zu leben im Großen,
und du wirst bereit sein das Licht zu akzeptieren,
Klarheit zu leben, dich nicht im Dunkel zu verlieren,
denn das Licht schenkt sich dir,
zu finden deinen Weg.

Wie eine Sonne

Wie eine Sonne will ich über allem scheinen
und Liebe denen senden die da meinen,
daß Leid und Sorge sie zu Boden drücken,
und Krankheit, Kummer beugen ihren Rücken.

Verteilen will ich, was von Gott gegeben,
Liebe bringen in der Menschen Leben,
Liebe senden durch der Gedanken Energie,
denn göttliche Liebe, sie endet nie.

Das Leben ist voll von Liebe und Glück,
darum verlange ich Liebe nie zurück,
ich will sie schenken,
wie die Sonne Wärme und Licht,
damit alle Hoffnungslosigkeit zerbricht.

Alles was du siehst,
ist göttlich,
alles was du hörst,
ist Gott,
alles was du tust
wird Schicksal,
nur Liebe
führt stets aus der Not!

DER HIMMEL IN DIR

Weißt du, daß in dir der Himmel ist,
strahlend und ungetrübt?
Nur deine Gedanken sind es,
die, Wolken gleich, die Sonne bedecken.

Wenn du dich jedoch darin geübt,
Gedanken, Sorgen und Kummer ziehen zu lassen,
kann der strahlende Himmel in dir
deine Lebensfreude wecken.

UND SO IST ES

Himmelhoch jauchzen könnte deine Seele,
Dankbarkeit wäre dein Gebet,
Lobpreisung käm aus deiner Kehle,
Sorgen und Ängste wären verweht,
würdest du JA zum Leben sagen
und die Liebe und das Licht Gottes
im Herzen tragen.

Dieses Buch ist kein Kochbuch im herkömmlichen Sinne — es soll den Leser anregen, liebgewonnene Denk- und Ernährungsgewohnheiten zu ändern, um gesünder, schöner, beweglicher, lebensfroher und aktiver zu werden — und dies bis ins hohe Alter zu bleiben.
Die Autorin führt in einfühlsamer Weise in die Zusammenhänge zwischen Körper, Geist und Seele ein. Jeder kann seine geistige und physische Leistungskraft steigern — mit der richtigen Ernährung aus naturbelassenen Zutaten und einer positiven Lebenseinstellung!

Versand durch

UNIPRESS Verlag Salzburg

ISBN-3-85419-120-0

Herta Steiner

Du bist, ganz fraglos, wichtig

Schön daß es Dich gibt

Dieser Gedichtband mit seiner besinnlichen, anmutigen Poesie wird besonders alle "Glücksuchenden" und jene Menschen ansprechen, die mehr aus ihrem Leben machen wollen.

Versand durch
UNI-PRESS-Verlag Salzburg
ISBN 3-85419-121-9

Herta Steiner

Weil ich Dich mag

Dieser zweite Gedichtband ist eine Herausforderung an Ihr Glück, eine Herausforderung die Flügel Ihrer Seele zu spannen und so die göttliche Quelle der Kraft in Ihnen wachsen zu lassen.

Er soll ein Wegweiser zu einem neuen Bewußtsein, zu innerer Harmonie und Freude sein und jene Menschen ansprechen, die mehr aus ihrem Leben machen wollen.

Auslieferung durch
UNIPRESS Verlag Salzburg

ISBN 3-85419-125-1